兵心驭鹄

武传兵◎著

新华出版社

图书在版编目（CIP）数据

兵心驭鹄 / 武传兵著. -- 北京 : 新华出版社, 2019.4

ISBN 978-7-5166-4519-2

Ⅰ. ①兵… Ⅱ. ①武… Ⅲ. ①诗词—作品集—中国—当代 Ⅳ. ①I227

中国版本图书馆CIP数据核字（2019）第043626号

兵心驭鹄

著　　者： 武传兵

责任编辑： 江文军　高映霞

责任校对： 刘保利　　　　**装帧设计：** 李尘工作室

出版发行： 新华出版社

地　　址： 北京市石景山区京原路 8 号　**邮　　编：** 100040

网　　址： http：//www.xinhuapub.com

经　　销： 新华书店

新华出版社天猫旗舰店、京东旗舰店及各大网店

购书热线： 010-63077122　**中国新闻书店购书热线：** 010-63072012

照　　排： 李尘工作室

印　　刷： 河北鑫兆源印刷有限公司

成品尺寸： 145mm × 210mm

印　　张： 5.25　　**字　　数：** 60千字

版　　次： 2019年4月第一版　　**印　　次：** 2019年4月第一次印刷

书　　号： ISBN 978-7-5166-4519-2

定　　价： 46.80元

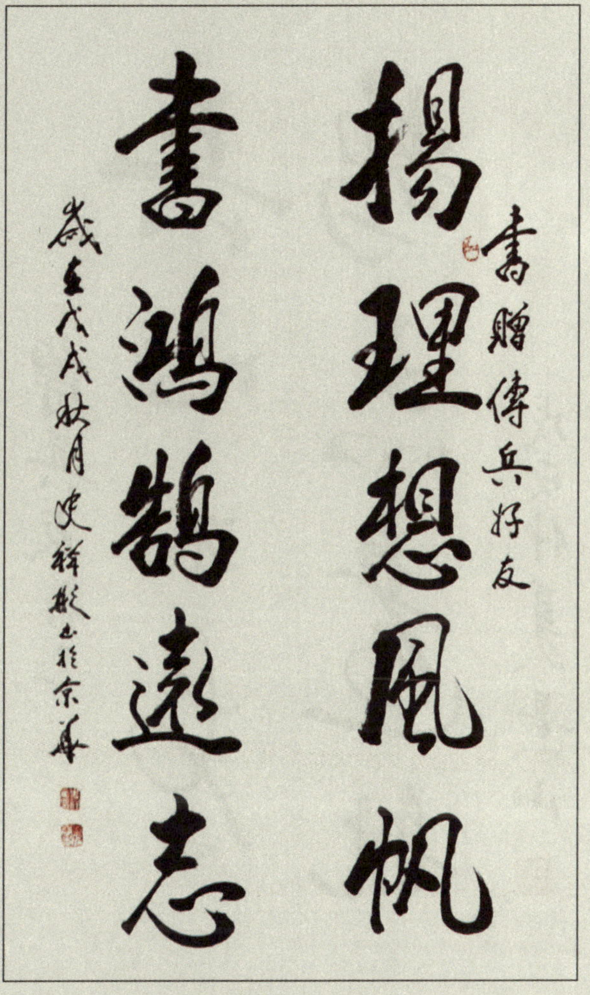

原广州通信学院训练部部长史祥彬少将题字

扬理想风帆　书鸿鹄远志

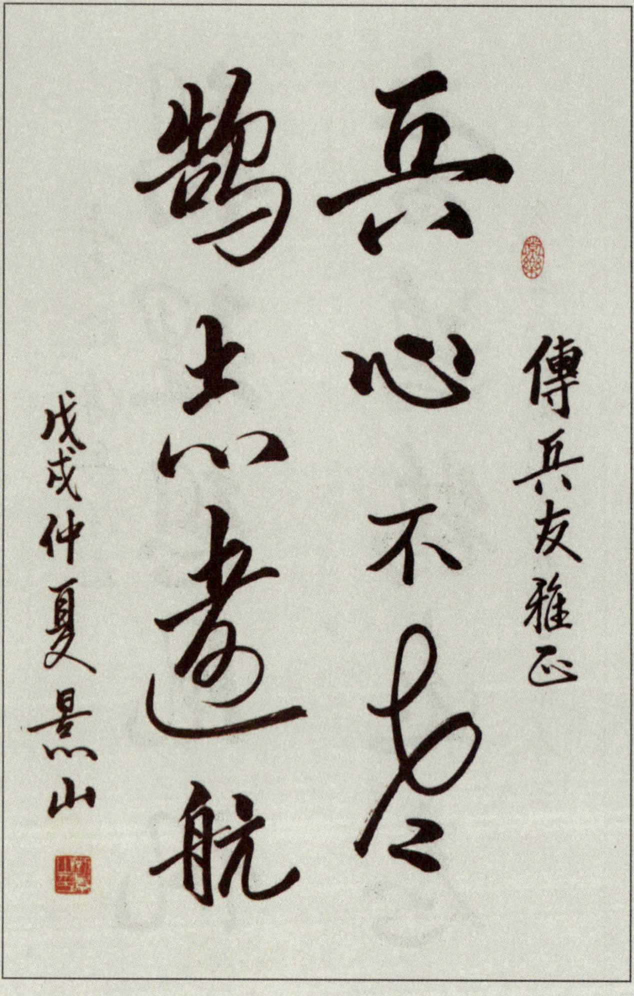

人民日报出版社原社长刘景山先生题字

兵心不老　鹄志远航

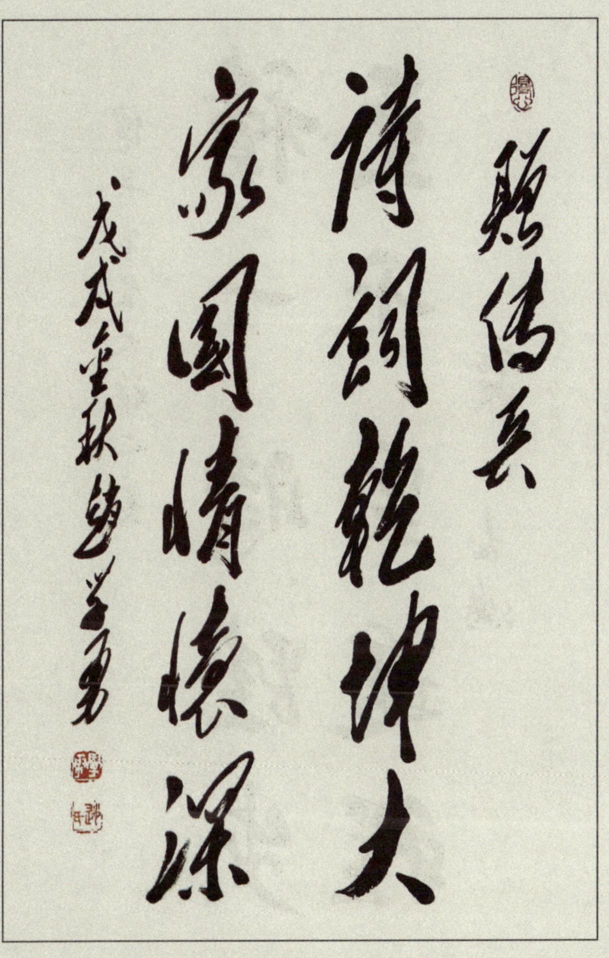

杂志主持人、书法家、世界遗产文化专家
赵学勇先生题字

诗词乾坤大　家国情怀深

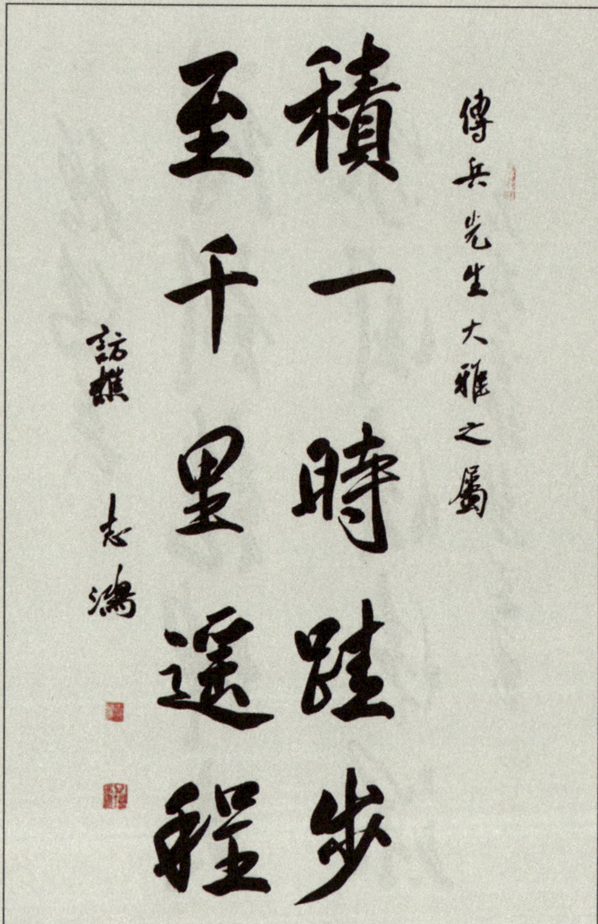

中国书法出版社常务副社长郭志鸿先生题字

积一时跬步　至千里遥程

序

武传兵先生和我算得上是忘年之交了，我们又有着相似的经历：他一九九八年入伍，我一九六八年入伍。军旅的经历使他写出了《兵心驭鹄》，同样是军旅的经历，让我喜欢上了这本诗集。诗情诗意，点燃了兵心兵意。我情不自禁地要把我的感受写出来。

传兵虽三十几岁，却有很深厚的文化积淀。诗圣杜甫的故里，千年沃土的滋养，使他根深力足。家教家训的传承，为他的人生奠定了扎实的基础。军旅生涯，正是他世界观形成的关键阶段，坚定忠诚、英勇顽强，这些兵心、兵魂的红色基因就成了他信仰的底色。在中央机关工作近二十年，更使他开阔了视野，提升了境界。

他勤于学习，勤于思考，爱探索，爱创作，这些良好的习惯已形成他的品格。即便是朋友间谈话、交流，他都不放过一点点求知、求真的机会。

他创作了大量诗词，这次只选了八十一篇汇集成书，也有着与“兵心”相同的美好寓意。

所选的诗词不多，但所展现的诗词格式丰富多彩。诗有五言、七言、绝句、律诗、长诗，词牌涉及《清平乐》《浪淘沙》《卜算子》《临江仙》《西江月》《沁园春》凡十五种之多。足见他涉猎面之广泛，创作热情之旺盛，表现手法之老到。他不仅读万卷书、行万里路，还要动万次笔、探究万方学问，这正是他成长、成熟的路径。

诗稿从一九九八年七月起，到二〇

一八年七月止，跨度整整二十年。诗集完整记录了他入伍、入学、毕业、就业、出国、回国的历程。经历看似无奇，但这不仅仅记录了他跋涉的脚步，更深层次揭示了他内心世界的喜怒哀乐、阴晴圆缺。

一九九八年，我国长江、嫩江、松花江遭受百年不遇的洪水。党中央一声号令，百万官兵奔赴抗洪抢险第一线。传兵当时在军校，但他的思绪早已飞到了抗洪前线，他的心与冒死抢险救人的战士一起跳动。这便有了他在训练场上“骄阳甚雨透戎装，血性升腾硬脊梁”的刻苦与自觉。

二〇〇一年四月一日，我海军航空兵某部飞行员王伟在南海监视美军侦察机时，遭美军机撞击，壮烈牺牲。传兵为此写诗悼念王伟：“横戈待旦卫海疆，亮剑长空缚虎狼。浩气忠魂昭日月，山河万里任翱翔。”

他写了大量与军旅生活相关的诗，算得上是军旅诗人了，但他与历史上著名的军旅诗人不同。古代军旅诗人多写边塞“大漠孤烟直”的荒凉、冷寂，传兵是用乐观主义的态度，将军旅诗注入了时代的音符，比如“厚谊袍泽剑胆柔”“集结号下竞风流”，再比如“借取长缨挥义剑，誓缚苍龙”。

能静思者可明志，有定力者可致远，传兵就锤炼出这样的品质。“幼崇鲲凤，苦寒育丹心，渊才以赠。刺股‘六经’展诵，慕思贤圣。寒窗数载程门雪，历风经雨终圆梦。”年届三十的时候，他的学业、事业都已进入稳定期，但他仍念念不忘提醒自己：“扪心清夜常思过，不改初衷再向前”“日月如梭人易老，勤学正己益终生”。

传兵的成长始终伴随着良好的家风家教。家中并无大富大贵，传兵的父亲武延平先生退休前是一名中学教师，母亲李会钦女士是一名普通的家庭主妇。父母虽然在物质上只能给他提供温饱的生活，但却用自己忠诚正直、淳朴善良、勤劳自主的品格和感恩、正心、谨慎、敬畏的家训给他播下了健康成长的种子，使他入伍之初便奠定了“爬冰卧雪终无悔，换骨脱胎做栋梁”“崇文尚武家国重，一片兵心在驭鹄”的雄心壮志。到北京工作后，父母还特意赶来当面教诲，他也谨记在心：“农家子弟跃龙门，树茂花香勿忘根。斗米丝功得不易，竭忠尽智报国恩。”多年来，他始终认真践行着这些承诺。

难能可贵的是，他把父辈的传承和自己人生的感悟，又孜孜不倦地传递给了他的爱女。“漫漫人生路万条，三千弱水取一瓢。航行海上灯塔引，正道沧桑远志招。”“天弓无不经疾雨，俊彦从来历苦寒。”这种对女儿的爱是真挚而深沉的爱，是充满期盼和智慧的爱。像火炬接力一样，他以一种自为的状态履行着代际传承这一历史使命。

反复诵读诗稿，感到一种无形的吸引力，把我带入诗的情境之中。诗中并无华丽的辞藻，却有跃动的画面扑面而来；没有夸张的刻画，却有怦然跳动的节拍。他娴熟地驾驭了唐诗宋词的体例，却写出了新人、新作、新时代的风采。巧用赋比兴，抒发的却是“身虽解甲兵心在，淬砺轩辕战必还”的情怀。没有风花雪月、倚栏杆，却展现出唱大风、观沧海的气概！

诗文偶有青涩，读后仍觉畅快。

刘景山

人民日报出版社原社长

二〇一八年八月二十九日于北京

目录

兵心 11
惜别 10
送战友 9
临江仙·盼令戍边 8
新生 7
浪淘沙·青锋 6
驭鹄 5
淬炼 4
圆梦 3
选择 2

第一卷 金戈生辉耀芳华

山行 25
谷公赞 24
小重山·慰英灵 23
观笼中鸟 22
夜海 21
弄潮 20
拜武侯 19
山树 18
踏莎行·致流浪艺人 17
医者仁心 16
悼王伟 15
清平乐·抗洪 14

第二卷 泱泱万水千重浪

飞天 45
渔家傲·加油干 44
长缨 43
琴剑家国 38
登月 37
雨伤 36
报国行 33
念奴娇·访日抒怀 31
农颂 30
卜算子·贺申奥成功 29
龙腾 28
第三卷 蛟龙乍起势冲天

父母训四首 48
思乡 50
西江月·寄妻潇潇 51
而立 52
礼物 53
远行 54
还归 55
幸福 56
秋思 57
诫女逸群 58
人生——与妻潇潇、女逸群共勉 64

第四卷 紫翅出榛耀云楣

保山行 86
烟雨漓江 85
天水吟 83
谒梵净山 82
博鳌随想 80
围场行 76
云水谣 75
访云居寺 74
观跪射俑 73
登百望山 72
登华山 70
题杜甫故里 69
峻极览岳 68

第五卷 遍历河山趁少年

寻鹭 106
惜春 105
沧海一粟——观刘海粟艺术展 104
沁园春·追梦 102
清平乐·重霄 101
点绛唇·望日 100
静思 99
诚己 98
青春 97
初心 96
云中鹤 95
玉龙赋 93
桂枝香·心声 91
观弈 90

第六卷 初心不忘向苍穹

满庭芳·聚贤 124
永遇乐·贺师友 122
无　题 121
水调歌头·天涯 119
渔家傲·贺志刚拜师 117
访蒙抒怀 115
赠兄应森 114
西江月·别情 113
忆旧游 111
南乡子·赠郑将军 110

第七卷 家国天下赋深情

后记 139

家国兵心◎刘景山 138

剑气诗香——赠友传兵◎笑　葳 137

和《赠兄应森》◎杨应森 136

望海潮·为《兵心驭鹄》敬词◎朱　磊 134

海天阔处·酒城遥赠窗友◎程少华 131

大道诗心◎杨国超 130

沁园春·与同窗共勉◎刘伟栋 128

附录 诗友贺赠

Contents

01 第一卷——金戈生辉耀芳华

Chapter 01

选 择

……………

男儿远志驭鲲鹏，
仗剑持节四海行。
尚武息戈传大义，
韬光养晦砺兵锋[1]。

一九九八年七月七日
于河南巩义

1. 兵锋：兵器的尖端或锐利部分，亦指兵力、兵势。

圆　梦

……………

幼盼挥戈守四方，
寒窗数载梦得偿。
爬冰卧雪终无悔，
换骨脱胎做栋梁。

一九九八年八月十七日
于河南巩义

淬　炼

……………

骄阳甚雨透戎装，
血性升腾硬脊梁。
棘地荆天浑不怕，
精钢百炼铸辉煌。

一九九八年九月十八日
于河南洛阳

驭鹊

夏去秋来雨载途，
风刀霜剑不移初。
崇文尚武家国重，
一片兵心在驭鹊。

一九九九年十月七日
于河南洛阳

浪淘沙

青峰

……………

性本爱青锋，
梦佩承影[1]。
金戈铁甲引强弓。
走马黄沙楼兰破，
力罢兵戎。

军旅显峥嵘，
心寄干城[2]。
迎风傲雪似烟松。
借取长缨挥义剑，
誓缚苍龙。

二〇〇〇年十月七日
于河南洛阳

1. 承影：中国古代十大名剑之一，为精致优雅之剑，相传出炉时“蛟分承影，雁落忘归”，故名承影。曾为商天子、春秋时卫人孔周所有，与含光、宵练齐名，并称“商天子三剑”。
2. 干城：指盾牌和城墙。

新　生

……………

戎装飒爽党旗红，
誓愿铮铮越九重。
万物生长阳景[1]照，
三军奋进战旌鸣。
根植脚下龙生翼，
魂铸心中虎驭风。
苦练谋赢忠使命，
擎功再起踏征程。

二〇〇二年四月七日
于河南洛阳

---

1. 阳景：阳光。

临江仙

盼令戍边

……………

夏热握火冬抱冰，
雕琢大器初成。
家国天下任平生。
赤心照日月，
宠辱亦从容。

翘首盼令安关塞[1]，
纵横无问西东。
金戈铁马傲苍穹。
云台筑伟业，
俯仰俱英雄。

二〇〇二年六月六日
于河南洛阳

1. 关塞：边关，边塞。

送战友

……………

离歌骤起怅悠悠，

满饮金波[1]泪不休。

雨雪千日同甘苦，

春秋四载共欢愁。

高情战友琴心正，

厚谊袍泽剑胆柔。

此去何年重聚首？

集结号下竞风流。

二〇〇二年六月三十日

于河南洛阳

1. 金波：指金波酒，始产于1755年，是山东济宁玉堂酱园的传统优质产品之一，因其酒液色泽金黄、波光粼粼而得名。

惜 别

……………

铁打营盘流水兵，
转留进退显忠诚。
别情满腹向天诉，
剑气生辉耀夜星。

二〇〇二年九月二日
于河南洛阳

兵　心

二〇〇九年七月十六日，被国务院军转安置工作小组、中央直属机关工委、中央国家机关工委、国资委四部门联合授予“中央单位模范军队转业干部”荣誉称号，作此诗以明心志。

使命担肩重比山，
金戈铁马梦烽烟。
身虽解甲兵心在，
淬砺轩辕[1]战必还。

二〇〇九年七月十六日

1. 轩辕：中国古代十大名剑之一，全称“轩辕夏禹剑”，为圣道之剑，传说黄帝曾用此剑杀死蚩尤。

02

第二卷

—

泱泱万水千重浪

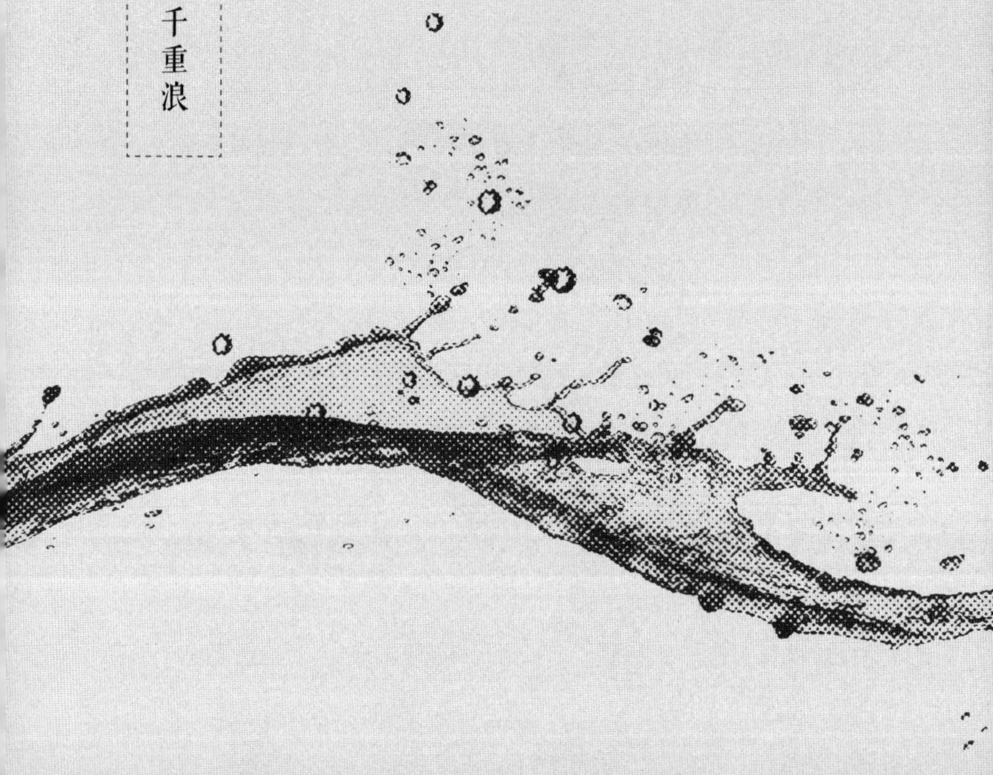

Chapter 02

清平乐

抗洪

……………

三江告急[1]，
洪水滔天地。
漫口冲决施蛮力，
不忍四方悲泣。

军旗堤上高扬，
打桩声调铿锵。
风大浪急滩险，
骏奔[2]热血儿郎。

一九九八年十月七日
于河南洛阳

1. 三江告急：1998年，一场百年不遇的特大洪涝灾害席卷全国，长江、嫩江、松花江全线告急。
2. 骏奔：急速奔走。

悼王伟[1]

……………

横戈待旦卫海疆，

亮剑长空缚虎狼。

浩气忠魂昭日月，

山河万里任翱翔。

二〇〇一年四月十五日

于河南洛阳

1. 王伟：浙江湖州人，1991 年毕业于中国人民解放军空军航空大学，历任海军航空兵某部飞行员、中队长，少校军衔。2001 年 4 月 1 日，王伟驾驶编号为 81192 的歼 -8 Ⅱ战斗机对在我沿海活动的美国 EP-3 军用侦察机执行监视任务时，遭美机撞击被迫跳伞坠海，壮烈牺牲。中央军委追授其“海空卫士”称号，共青团中央、全国青联追授其“青年五四奖章”。

医者仁心

……………

灾情[1]肆虐猝难防，
圣手仁心筑爱墙。
应是花开争艳季，
桃李竞落引人伤。

二〇〇三年五月十八日

1. 灾情：2003 年，非典型肺炎让我们面临一场突如其来的天灾，医疗战线的白衣天使们临危不惧、前赴后继，用自己的汗水和生命筑起了一道血肉堤防，用尊重科学的大智、舍生忘死的大勇、救死扶伤的大爱，保护了人民群众的健康和安全，他们中的一部分人却因此而倒下，甚至献出了宝贵的生命，谱写了一首首英雄赞歌。

踏莎行

致流浪艺人

……………

琴曲悠扬，
歌喉温婉，
情深意切心怀远。
乐符跳动梦执着，
理想点亮三春暖。

莫负芳华，
光阴荏苒，
放飞一生不余憾。
行行皆有状元来，
精诚所至金石开。

二〇〇四年三月三日

山　树

……………

裂土存根立险峰，
山光阅尽自从容。
秋霜润养冰雕砌，
毁誉恬然秀碧空。

二〇〇六年十一月十一日

拜武侯

……………

报恩知遇出南阳，
献策隆中世无双。
北拒东和分天下，
西讨南抚定汉邦。
博望大火烧阿瞒[1]，
赤壁东风助周郎。
五丈原前长抱恨，
鞠躬尽瘁永流芳。

二〇〇七年五月十六日
于四川成都

1. 阿瞒：三国时期曹操的小名。

弄　潮

……………

逆水行舟岸在前，

风急浪大险礁连。

弄潮不避平生苦，

愿掌孤帆向碧天。

二〇一〇年十月七日

夜 海

……………

夜幕茫茫墨海天，
渔光点点舞翩跹。
泱泱万水千重浪，
荡尽英雄弹指间。

二〇一一年八月六日
于新加坡

观笼中鸟

……………

谁甘家雀恋屋檐，
碰壁千番志益坚。
克日笼穿林郁茂，
撑天拄地羽幅宽。

二〇一四年十月五日
于柬埔寨首都金边

小重山

慰英灵

……………

翠柏苍松伴英灵，
风起长空啸，
为谁鸣？
硝烟血火半死生。
诉不尽，
家国天下情。

恰盛世升平，
仰雄师劲旅，
保太平。
担当使命铸忠诚。
最可敬，
人民子弟兵。

二〇一六年五月十八日
于吉林四平烈士陵园

谷公[1]赞

……………

矢志救民出苦难，
风沙散尽为人先。
无私克己担道义，
美誉绵长满东山。

二〇一六年七月十五日
于福建东山

1. 谷公：谷文昌（1915 年—1981 年），河南省林州市人，福建省东山县原县委书记。他为官一任，造福一方，不畏艰苦，实事求是，带领东山县人民战风斗沙苦干 14 年，终于把一个荒岛变成了宝岛，用自己的言行赢得了老百姓的信任和敬仰。1981 年 1 月 30 日，谷文昌在漳州病逝。1987 年 7 月 15 日，谷文昌的骨灰安葬在东山县赤山林场。

山 行

……………

日照青苔绿满天，

风光绚丽胜桃源。

溪流汩汩空山寂，

鸟奏悠悠壑谷偏。

踏径留痕彰远志，

通商互市驭西南。

龙陵劲旅多奇志，

义烈千秋染杜鹃。

二〇一八年五月十九日

于云南高黎贡山国家级自然保护区

03

第三卷

—— 蛟龙乍起势冲天

Chapter 03

龙 腾

……………

逞凶美帝耀强权，
践踏公约[1]质悍顽[2]。
负重修戈兴大业，
蛟龙乍起势冲天。

一九九九年五月九日
于河南洛阳

1. 践踏公约：北京时间 1999 年 5 月 8 日上午 5 时左右（南联盟时间 1999 年 5 月 7 日夜间），以美国为首的北约肆意践踏《维也纳外交关系公约》和国际关系基本准则，悍然使用三枚导弹从不同角度袭击我驻南斯拉夫联盟共和国大使馆，导致邵云环、许杏虎和朱颖三名中国记者当场牺牲，数十人受伤，使馆建筑严重损毁。
2. 悍顽：凶暴顽劣。

卜算子

贺申奥成功

……………

水落石终出，
圆梦寰球瞩。
屈辱百年今洗雪，
华夏同歌舞。

奖誉如烟云，
勿忘来时路。
不惧狂风巨龙起，
曼啸[1]奔雷[2]住。

二〇〇一年七月十三日
于河南巩义

---

1. 曼啸：长啸。
2. 奔雷：声响猛烈的雷。

农　颂

……………

面向黄土背向天，

养育神州汗雨涟。

水秀山青出翘俊[1]，

年丰岁稔润福田。

禾苗万顷八方绿，

麦穗两畦五谷鲜。

百业勃兴农为本，

仓粮富裕六合[2]安。

二〇〇三年十月七日

1. 翘俊：才智出众的人。
2. 六合：天下，人世间。

念奴娇

访日抒怀[1]

……………

交流互鉴，

赴东瀛，

祈迎晴空无限。

思想碰撞，

为相知，

博弈谈笑间。

唇齿相依，

奈何阋墙，

咫尺手难牵？

疑惧重重，

冰释知易行难。

1. 此词最早发表于 2011 年 4 月出版的《当代世界》杂志《心灵互动融化误解坚冰——一名青年外交官的访日思考》一文中，2011 年 12 月发表于《中文古诗词杂志》第二卷第十二期（ISSN 1920—3233）。

却喜“仙女”“比力”[1]，
引朝野瞻望，
欢声一片。
中国游客，
与日增，
观光立国开颜。
牢记历史，
更登高望远，
天地自宽。
用心相交，
蔽眼浮云尽散。

二〇一一年二月二十七日
于日本京都

1. “仙女”“比力”：日本东京上野动物园从中国租借的两只大熊猫，雌性大熊猫中文名为“仙女”，雄性大熊猫中文名为“比力”，于 2011 年 2 月 21 日晚乘机抵达日本东京，并于当晚“入住”东京上野动物园。

报国行[1]

……………

辛卯年乙未月，余与十四青年才俊聚首狮城，于新加坡区域语言中心结下深厚同窗友情。三月倏忽而逝，唯叹光阴荏苒，而诸君志之高远、心之赤诚，萦绕脑中。是为长句，融诸君名于内[2]，冀展心胸、固友谊、激共鸣。凡二百二十四言，命曰《报国行》。

若不从军憾无涯，
金戈生辉耀芳华。
何谢缅迈[3]守边塞，
一腔热血报国家。

1. 此诗 2011 年 12 月发表于《中文古诗词杂志》第二卷第十二期（ISSN 1920-3233），收入此集时作了修改。
2. 诸君出现在诗中的顺序依次为：张军辉、谢缅、潘焱、李晓霞、张要武、姜桥、刘希媛、王慧博、耿俊、杨健、王青、郑璐、梁子孟、解世波。
3. 缅迈：指远行。

不羡潘安[1]笙箫醉，

烈焱寒风卷黄沙。

马嘶鼓鸣醒晓月，

豪情壮志映丹霞。

要使华夏永昌繁，

崇德高武铸铁拳。

姜尚[2]桥下直钩钓，

大音希声[3]待才媛。

慧心博古戎韬[4]竞，

奇兵正道美名传。

狼烟突起风云变，

秉旌仗钺[5]赴国难。

开怀尽饮出征酒，

1. 潘安：即潘岳（247 年—300 年），字安仁，河南中牟人，西晋著名文学家、政治家，在文学上与陆机并称“潘江陆海”，又因相貌出众被誉为“古代第一美男”。
2. 姜尚：姜子牙（约前 1156 年—约前 1017 年），商末周初人，相传其 72 岁时在渭水之滨的磻溪垂钓，遇到了求贤若渴的周文王，被封为太师，成为周文王倾商、周武王克纣的首席智囊、最高军事统帅和西周的开国元勋。
3. 大音希声：出自《道德经》，原文为“大音希声，大象无形”，指最大最美的声音乃是无声之音。
4. 戎韬：韬略，军事谋略。
5. 秉旌仗钺：旌是古代军旗的一种，钺是一种斧状的古代兵器。手执指挥全军的旗帜和受命出征的黄钺。

生死相依血同流。

龙渊[1]出鞘箭离弦，

不破楼兰不回还。

耿耿赤诚皆才俊，

不朽胡杨自刚健。

王师归来玉宇青，

案兵束甲[2]歌太平。

何当再闻郑音妙，

复佩宝璐烟雨行。

百战沙场谈笑间，

子思慈母孟冬寒。

缕缕柔情心有泪，

铮铮铁骨爱无言。

一世功勋逐波去，

旌旗猎猎天下安。

二〇一一年九月二十九日

于新加坡

---

1. 龙渊：七星龙渊剑，中国古代十大名剑之一，为诚信高洁之剑，相传由欧冶子和干将两大著名铸剑师所铸，唐朝时为避高祖李渊之讳而改名“龙泉”。
2. 案兵束甲：案通“按”，手抚。放下兵器，捆束铠甲。指停止战事。

雨　伤

……………

狂风吼啸惊雷电，
空际怒抛白玉帘。
黪墨[1]压城千里晦，
浊流漫道万顷湍。
天灾无义八方扰，
人世有情四面援。
归路去家遥几许，
相隔一水数重山。

二〇一二年七月二十一日

1. 黪墨：暗淡的墨色，代指乌云。

登 月

……………

嫦娥[1]不惧桂窟[2]寒，
测月观天梦竟圆。
借饮浊贤[3]思后羿[4]，
轻舒广袖倚阑干。

二〇一三年十二月十六日
于柬埔寨首都金边

1. 嫦娥：指代号为“嫦娥”的月球探测器。2004年，中国正式开展月球探测工程，并命名为“嫦娥工程”。2013年12月2日，“嫦娥三号”探测器在中国西昌卫星发射中心由长征三号乙运载火箭送入太空，当月14日成功软着陆于月球雨海西北部，15日完成着陆器巡视器分离，开展“观天、看地、测月”的科学测量和其他预定任务。
2. 桂窟：指月宫。
3. 浊贤：用来指酒。汉代末年因饥荒严禁酿酒，饮者讳言酒，称酒之清者为圣人、酒之浊者为贤人，故有“清圣浊贤”之说。
4. 后羿：本称“羿”“大羿”“司羿”，五帝时期人物，帝尧的射师，嫦娥的丈夫。

琴剑家国

……………

驻外工作今日满两年，深感驻外人员之付出、留在国内家属之不易。偶见诗友苏殷歉所写“秦淮三春早，乍暖莺啼晓。吴音阵阵伴笛萧，一曲俗事付谈笑”之佳句，欣赏之余激起了浓浓的思亲之情，遂即兴续之以成长句，命曰《琴剑家国》，借以向奋斗在世界各地外交一线的我国驻外人员及其家属致敬。

秦淮三春早，
乍暖莺啼晓。
吴音阵阵伴笛萧，
一曲俗事付谈笑。

燕赵秋来寒，
间闻鸢泣晚。

狼烟滚滚满弓弦，
半生戎马任征战。

隔船望君遥，
心事上眉梢。
良辰美景寄琴调，
一柄折扇，
春尽，月残，风晓，
化作青烟袅袅。

对山思卿远，
愁肠隐心田。
盛食厉兵襄国难，
半壶烈酒，
甲冷，夜长，路险，
听取细雨潺潺。

曾记否？
当年月下。

我抚琴，
君舞剑，
琴剑相谐，
形影相依。
知君鸿鹄志向，
只恨奴未曾习武，
不能共赴沙场，
为君击鼓，
助君杀敌。

我何幸？
得卿相守。
回首处，
琴声远。
但见鼓震天，
马踏尘，
天地苍茫，
壮士半死生。
卿问归期未有期，

唯愿铸甲销戈，
老骥一匹传捷报，
不负社稷不负卿。

月明露华浓，
琴心与君听。
愿为炬，
照君前程，
泪尽灰飘零。

山水乾坤大，
剑魂伴卿行。
待得海晏复河清，
白首归乡路，
琴剑永和鸣。

琴与剑，
起舞清影。
家与国，

铁马关情。

辗转平生终无悔，

何计生前身后名。

一任青史评。

二〇一五年五月五日

于柬埔寨首都金边

长　缨

……………

“仲裁”闹剧[1]草收兵，

大道无敌骇浪平。

小丑跳梁何足虑？

长缨在手步闲庭。

二〇一六年七月十二日
于福建福州

1. “仲裁”闹剧：南沙群岛自古以来就是我国领土。直到20世纪中叶，没有任何国家对我国拥有南沙主权提出任何质疑。20世纪60年代末南海大陆架上发现丰富油气资源后，在巨大资源前景的诱惑刺激下，越南、菲律宾、马来西亚纷纷伺机在南沙夺占我岛礁。2012年6月，我国对被菲律宾非法占领的黄岩岛实施实际控制，并于当月宣布建立地级三沙市。2013年1月22日，菲律宾单方面就南海问题提请国际仲裁，我方对此不参与、不接受、不承认。2016年7月7日，临时拼凑的海牙国际仲裁法庭对该案做出所谓“最终裁决”，受到许多国家、政党和政治组织的批评和反对，这一披着法律外衣的政治闹剧草草收兵。

渔家傲

加油干

……………

追梦前行正盛年，
披星戴月苦还甘。
天道尚勤逐远愿。
回首看，
满园硕果群芳艳。

绚丽风光过眼烟，
逆流棹桨莫等闲。
不负韶华无悔憾。
开新篇，
撸起袖子加油干。

二〇一七年一月一日

飞　天

……………

微风夜拂横断山，
长箭伴星[1]冲霄汉。
烈焰飞腾晖玉宇，
豪情万丈涌心田。

二〇一八年五月四日凌晨
于西昌卫星发射中心

1. 长箭伴星：2018 年 5 月 4 日 0 时 06 分，亚太 6C 通信卫星在西昌卫星发射中心由长征三号乙运载火箭发射升空。

04

第四卷

—

紫翘出榛耀云楣

Chapter 04

父母训[1]四首

其一

农家子弟跃龙门，
树茂花香勿忘根。
斗米丝功得不易，
竭忠尽智报国恩。

其二

大道沧桑知进退，
名牵利惹雨雪随。
诚心正意无私念，
海阔天高任跃飞。

1. 父母训：到北京工作后，父母叮嘱我要珍惜所有，正道直行，堂堂正正做人，踏踏实实做事，我总结为“感恩”“正心”“谨慎”“敬畏”，视之为警示一生的家训。

其三

悬梁刺股尚可追，
紫翘[1]出榛耀云楣[2]。
正路茫茫多坎坷，
全终慎守抱节[3]归。

其四

昭彰众目道难违，
暗室欺心最可悲。
养善一生绝小恶，
休因蚁穴巨堤摧。

二〇〇二年十月七日

1. 紫翘：兰叶上耸又自然弯曲，古人因这一姿态特征称兰花为“紫翘”。
2. 云楣：有云状纹饰的横梁。
3. 抱节：坚守节操。

思　乡

……………

除夜[1]他乡忆亲朋，
寂寥独望万家灯。
若非相思无尽处，
顾山红豆[2]为谁生？

二〇〇五年二月八日
于柬埔寨首都金边

1. 除夜：除夕之夜，大年三十晚上。
2. 顾山红豆：顾山位于无锡、常熟、江阴、张家港四地交界处，属江阴，是形成于南宋时期的古镇。顾山红豆指梁朝著名文学家昭明太子萧统所种的红豆树。梁武帝笃信佛教，太子萧统代父出家来到顾山香山观音禅寺，一日偶遇才思敏捷的女子慧如，顿生爱慕之情。但因双方一个是太子，一个是贫女，终难成眷属，女子相思成疾而终。昭明太子闻讯，痛哭不已，含泪种下红豆树，满怀相思悲苦离去，没过几年也病逝了。此树历经千年，到元代曾一度衰败成枯树，到清代乾隆年间忽又在主干上萌生四棵新枝，一直生长到现在，古人以此为相思的象征。

西江月

寄妻潇潇

……………

遇子年方花信[1]，
脱俗一汪清流。
惜缘合意共执手，
期许天长地久。

月有阴晴残满，
人有聚散欢愁。
相濡以沫写春秋，
不惧风狂雨骤。

二〇〇六年十二月一日

1. 花信：花开的信息，亦指花开时节，借指女子 24 岁。

而　立

……………

夏去秋来旬[1]有三，
星移斗转幻云烟。
感恩曾品农桑苦，
抱朴得尝逸境[2]甜。
沐雨栉风谦若树，
经霜历雪胜于蓝。
扪心清夜常思过，
不改初衷再向前。

二〇〇九年十月七日

1. 旬：古代称十岁为一旬。
2. 逸境：安乐闲适的境地。

礼 物

……………

婴啼阵阵传佳讯，
母女平安慰我心。
棉袄贴身秋日暖，
今生挂念又一人。

二〇〇九年十月十二日

远 行

……………

调函[1]一纸出燕京[2]，
辞女别妻异域行。
当效子文[3]丝路辟，
折冲樽俎振国声。

二〇一三年五月五日
于柬埔寨首都金边

1. 调函：2013 年 5 月，被外交部借调赴驻柬埔寨使馆工作。
2. 燕京：北京的古称，因古时为燕国的都城而得名，一些古籍和文学作品中常用其指代北京。
3. 子文：中国汉代杰出外交家、旅行家、探险家张骞（前 164 年—前 114 年）的字。建元二年（前 139 年），张骞奉汉武帝之命率一百多人出使西域，打通了汉朝通往西域的南北道路，即历史上有名的“丝绸之路”，因军功显赫被封为“博望侯”。

还 归

草木牵肠花复挽，
还归赤子辞金边。
犹闻甫抵新朋笑，
难忘临行故友言。
望月清风抒宿志，
思亲笔墨寄鸾笺[1]。
一别七百七十日，
陵谷沧桑换地天。

二〇一五年六月十三日
于柬埔寨首都金边

1. 鸾笺：宋时蜀地善制十色彩笺，笺上隐然有花木麟鸾图案，被称为“鸾笺”，因其常被作为信纸，因此，“鸾笺”就成为书信的别称。

幸　福

……………

小小单车慈父情，
晨兴[1]载女绿荫行。
谈今论古争鸣路，
阵阵欢声赛百灵。

二〇一七年六月十三日
送女逸群上学途中

1. 晨兴：早起。

秋 思

……………

信步金秋谒学堂[1]，

阶前鸟语柳轻扬。

燕山脚下书声醉。

渤海湾前巨浪狂。

德立文缘深似谷，

行达壮志毅如钢。

思亲望云[2]登高处，

且寄月明[3]照故乡。

二〇一七年十月四日

于河北秦皇岛

1. 学堂：指燕山大学。
2. 思亲望云：亦称“望云思亲”，是著名的二十四孝故事之一，讲的是唐朝宰相狄仁杰奉诏出使边疆，一日出外巡视登上太行山顶，看到白云孤飞的景象，于是想起了留在河阳（今河南沁阳）的双亲，遂怀情吟诗、望云思念亲人的故事。
3. 月明：月光。

诫女逸群

……………

其一

漫漫人生路万条，
三千弱水取一瓢。
航行海上灯塔引，
正道沧桑远志招。

其二

熹微[1]即出归夜深，
青丝伴雪满风尘。
当惜父母奔波苦，
自奋春华[2]定逸群[3]。

1. 熹微：指早晨天色将亮未亮。
2. 春华：春天的花，比喻青春年华，也指少壮之时。
3. 逸群：超越常人，出众超群。

其三

书山陡峭无坦途，
俊器[1]功成俱茹苦。
细数人间多少事，
成因专注败由忽。

二〇一七年十一月九日

1. 俊器：卓异的人才。

武逸群绘画习作（2018 年 8 月）

武逸群绘画习作（2018 年 9 月 14 日）

武逸群绘画习作（2018 年 10 月 19 日）

武逸群绘画习作（2018 年 11 月 23 日）

人　生

——与妻潇潇、女逸群共勉

……………

漫漫人生世事艰，
千拦万阻路蜿蜒。
天弓[1]无不经疾雨，
俊彦[2]从来历苦寒。
木秀常招风暴妒，
堆出易惹浪流湍[3]。
修心克己终成器，
大道直行越万山。

二〇一八年七月三日

1. 天弓：彩虹的别称，因其弯曲如弓，故名天弓。
2. 俊彦：才智出众的人。
3. 出自三国时期魏国文学家李康的《运命论》：“故木秀于林，风必摧之；堆出于岸，流必湍之；行高于人，众必非之。前鉴不远，覆车继轨。”

05

第五卷

遍历河山趁少年

Chapter 05

峻极[1]览岳

……………

寻幽探胜踏重峦，
凤舞龙盘向云端。
历险得尝攀越味，
凌峰至此万壑宽。

二〇〇〇年八月十日
于河南登封

1. 峻极：指峻极峰。中岳嵩山由太室山和少室山组成，峻极峰位于太室山中部，是太室山三十六峰中的最高峰，也是太室山的主峰，同时还是历代皇帝封禅的目的地，又称太室中峰、华盖峰、御碑峰或嵩顶，海拔1492米，宋代文学家范仲淹来此留有“不来峻极游，何能小天下”的名句。

题杜甫故里

……………

诗成洗笔墨水潭[1]，
颠沛一生道义担。
朗月长晖桑梓盛，
巩梅[2]倚院盼君还。

二〇〇一年七月二十二日
于河南巩义

1. 墨水潭：巩县（今巩义市）杜甫故里近处有一汪清水澄明如镜，俗称墨水潭。
2. 巩梅：巩县（今巩义市）的梅花。杜甫曾在其《送孟十二仓曹赴东京选》一诗中作有“秋风楚竹冷，夜雪巩梅春”的诗句，以表达对故乡的无限眷恋。

登华山

其一

悬悬[1]望睹太华[2]险，

暗夜听风细雨涟。

小径湿滑铁索冷，

“繁星”[3]跃动耀山间。

其二

俯瞰幽深千丈涧，

抬头咫尺可擎天。

苍龙岭[4]上惜韩愈，

1. 悬悬：惦念。
2. 太华：华山古称“西岳”，雅称“太华山”。
3. “繁星”：夜晚登华山的游客打着手电筒，发出的光亮在蜿蜒的山道间闪烁跳跃，犹如夜空中的繁星。
4. 苍龙岭：华山著名险道之一，位于救苦台南、五云峰下，以其苍黑色的外部和悬龙般的地势而得名，其如履薄刃、绝壑千尺的地势使得很多游客胆战心惊。相传唐朝著名文学家韩愈在此畏险大哭投书求助，留下了苍龙岭上端“韩退之投书处”的胜迹。

信步长空[1]待少年。

其三

论剑台前忆古贤，
回肠荡气绕峰巅。
何堪顾盼自雄[2]日，
折戟沉沙恨万千。

二〇〇一年十月十三日
于陕西华阴

1. 长空：指长空栈道，位于华山南峰东侧山腰，栈道上下均为悬崖绝壁，铁索横悬，由条石搭成尺许路面，下由石柱固定，游人至此，面壁贴腹，屏气挪步，被誉为“华山第一天险”。
2. 顾盼自雄：左顾右盼，自以为很了不起，形容得意忘形的样子。

登百望山

……………

绿海松涛荫百望，
花香鸟语绕碑墙。
杨门不朽忠魂在，
义烈传承固大邦[1]。

二〇〇四年八月一日

1. 大邦：大国。

观跪射俑

随王护驾两千年，

历尽风霜得万全[1]。

黄土高天三尺远，

低姿善守永平安。

二〇〇九年九月九日

于陕西西安

1. 万全：跪射俑是秦始皇陵所有出土的兵马俑中唯一发现时就极其完整的兵马俑，其身后铠甲上还残留有红色涂层，十分珍贵。

访云居寺

……………

三绝古刹[1]踞西南，
翠柏苍松映碧天。
造藏抄经功业伟，
绵延香火逾千年。

二〇一〇年五月一日

1. 三绝古刹：云居寺九个藏经洞内珍藏着浩瀚的石经、纸经、木板经，号称“三绝”。

云水谣[1]

……………

土楼古道隐山间，

镜澈溪流过眼前。

望断秋水榕树老，

奈何碧云自飞天。

二〇一六年七月十四日

于福建南靖

1. 云水谣：原名长教，位于福建省漳州市南靖县境内，是个历史悠久的古老村落。村中有千年古道、百年老街、神奇土楼，还有13棵百年、千年老榕组成的蔚为壮观的榕树群以及灵山碧水，无不给人以超然的感觉。2005年底，由第十届全国政协副主席、台盟中央名誉主席张克辉以自己和几位台胞的生活阅历为原型创作的电影文学剧本《寻找》改编的电影《云水谣》，曾在此拍摄取景。

围场行

……………

为圆儿时梦，皇家猎苑情。
朝辞碧螺塔，驱车西北行。
贤淑妻潇潇，备餐起五更。
路线详规划，成竹藏胸中。
活泼女逸群，欢歌唱不停。
恨不生双翼，借势万里风。

承秦转大广，一路多山岭。
桥梁接隧道，黑白泾渭明。
歇脚钓鱼台，腹饱头脑清。
轻装再上路，神闲气自定。
历时六小时，八百里行程。
巍巍塞罕坝，赫然跃眼中。

国家公园内，森郁百万松。
盘山蜿蜒上，景色各不同。

登顶塞罕塔，林海绿波涌。
信步月亮湖，宁静养心胸。
夕阳西边落，力乏肚中空。
北大生态站，投宿解倦容。

翌日晨微雨，观湖名七星。
荡舟泛微澜，栈桥花海行。
午后云遮日，洗肺白桦坪。
五彩斑斓地，极目草万顷。
木兰秋狝[1]制，满蒙心相映。
文修复武备，砥砺百万兵。

又日太阳湖，池光共天影。
争荣松桦密，湿地闻鹤鸣。
辽阔图尔根，碧空重云净。

1. 木兰秋狝（xiǎn）：康熙帝在内蒙古昭乌达盟、卓索图盟、锡林郭勒盟和察哈尔蒙古四旗接壤处设置木兰围场，以演练骑射，保持八旗官兵骁勇善战的传统和淳朴刻苦的本色，做到安不忘危、常备不懈。同时，定期在那里接见蒙古各部王公贵族，加强对漠南、漠北、漠西蒙古三大部的管理。“木兰”本系满语，汉语之意为“哨鹿”，亦即捕鹿。由于这一活动一般在每年七、八月间进行，故又称“秋狝”（古代称春天打猎为“搜”，夏天打猎为“苗”，秋天打猎为“狝”，冬天打猎为“狩”）。

群羊游绿毯，骏马逐苍鹰。
幽幽神龙潭，古寺渡浮萍。
潺潺滦河水，玉带绕空灵。

启程朝北去，克什克腾旗。
乌兰布统[1]上，遥忆康熙帝。
肄武绥藩[2]策，御驾征漠西。
铁骑数十万，鲜血染征衣。
忠勇佟国纲[3]，捐躯英雄气。
溃败噶尔丹，东犯再无计。

---

1. 乌兰布统：山名，位于大兴安岭余脉和燕山山脉的七老图山交汇处的浑善达克沙地南缘，在开阔的地势中只有一峰突起，山体呈赭色，从南向北看去，山形如同一个巨大的倒立的瓮，被称为“红坛子山”，蒙语称“乌兰布统”。历史上康熙帝为平定噶尔丹叛乱而进行的著名的乌兰布统之战就发生在这里。
2. 肄武绥藩：康熙帝借皇帝“春搜、夏苗、秋狝、冬狩”四季狩猎的古代礼仪，锤炼满族八旗军队的战斗力，同时采取怀柔政策绥服蒙古，遏制沙俄侵略北疆，维护多民族国家的团结统一，以喀喇沁、敖汉、翁牛特等部“敬献牧场，肇开灵囿，岁行秋狝”的名义，设置木兰围场，将木兰秋狝定为祖制，史学家称之为“肄武绥藩”。
3. 佟国纲：清朝大臣、外戚，隶属满洲镶黄旗，太子太保佟图赖长子，孝康章皇后之兄，康熙帝的舅舅。康熙二十年（1681 年）被授予镶黄旗汉军都统之职，康熙二十九年（1690 年）随康熙帝征讨噶尔丹时阵亡于乌兰布统。

三日何其短，临行意绵绵。
广袤大草原，深深刻心间。
太平盛世景，历历浮眼前。
此地一为别，气壮豪情满。
共护千林绿，同撑一天蓝。
你我齐行动，美丽中国现。

二〇一六年八月十一日
于河北围场

博鳌随想

其一

玉带滩前浪涌流，
万泉河畔水悠悠。
连山叠翠琼崖美，
英雄花[1]开佑故州[2]。

其二

海韵椰风馈醇酎[3]，
三江入海[4]锁咽喉。

1. 英雄花：在博鳌所在琼海市遮天蔽日的热带雨林中，高挺峻拔的木棉树和红艳艳的木棉花是最醒目的“方向树”和“英雄花”。木棉树是木中豪杰，历来被视为英雄的象征，其树形挺拔，木质坚韧，花开时火红热烈无须丝毫绿叶衬托，花期一过决然落土不容半点凋零颓势，花朵入食清热解毒给人以温淳关怀。清人陈恭尹在《木棉花歌》中形容木棉花“浓须大面好英雄，壮气高冠何落落”。1931 年 5 月 1 日，中国工农红军第二独立师第三团女子特务连（即红色娘子军）在乐会县（今海南省琼海市）正式成立，为琼崖革命立下了不朽功勋，其敢为人先、不怕牺牲、坚贞不屈的精神，成为盛开在中华大地上永不褪色的“英雄花”。
2. 故州：指故乡。
3. 醇酎：汉时酒名，后指味厚的美酒。
4. 三江入海：指万泉河、九曲江、龙滚河三条河流汇入中国南海。

争鸣论道[1]亲兄弟，
互鉴同行共忾仇。

其三

放情龙潭[2]砺吴钩[3]，
韶华易逝梦难留。
霞光万丈坚初愿，
笃志博学占鳌头。

二〇一七年六月二十二日
于海南博鳌

1. 争鸣论道：2017 年 6 月 22 日至 23 日，第六次中老两党理论研讨会在海南博鳌举行，与会的中老双方专家学者围绕“新形势下加强和改进党对新闻舆论工作领导的经验做法”的主题展开深入研讨。
2. 龙潭：指龙潭岭，当日所住酒店地处海南博鳌龙潭岭主峰山麓。
3. 吴钩：春秋时期流行的一种弯刀，以青铜铸成，是冷兵器的典范，充满传奇色彩，后被历代文人写入诗篇，成为驰骋疆场、励志报国的精神象征。

谒梵净山

觅得浮生半日闲，
修身养性岳灵[1]间。
梵音溢远萦耳侧，
净水流深润心田。
禅雾蒙蒙朝金顶，
佛光灿灿耀奇岩。
天高路远风景秀，
遍历河山趁少年。

二〇一七年七月二十二日
于贵州铜仁

1. 岳灵：山岳的灵气、精气。

天水吟

……………

群星璀璨耀碧空，

羲皇故里唱峥嵘。

济民女娲补天裂，

创世龙祖[1]肇文明。

息马非子[2]邑易得，

靖国李广[3]爵难封。

凤鸣伯约[4]襄王业，

街亭幼常[5]废前功。

---

1. 龙祖：传说中的人类始祖伏羲、女娲，皆龙身人首或蛇身人首，因此被称为“龙祖”。
2. 非子：即嬴非子（？—公元前858年），号秦嬴，因善养马获周孝王赏识，封秦地，成为秦国始封君，去世后其子秦侯继任君位。
3. 李广：中国西汉一位智勇双全、骁勇善战的名将，陕西成纪（今甘肃静宁西南）人，一生与匈奴战斗70余次，常常以少胜多，让匈奴人闻名丧胆，被誉为“飞将军”。然而，这位战功卓著、备受士卒爱戴的名将却一生坎坷，终生未能封爵。
4. 伯约：三国时蜀国名将姜维（202年—264年）的字，在天水关投降诸葛亮开始辅佐蜀汉，在诸葛亮去世后于238年—262年率领蜀军进行了11次北伐。
5. 幼常：三国时期蜀国将领马谡（190年—228年）的字，相传因骄傲自大导致战略要地街亭失守，不仅使蜀汉军队丧失了继续进取陕西的最好时机，而且使整个蜀国处在危险之中，被诸葛亮挥泪斩首。

悲夫累骨就名将，
大哉洒血成一统。
江河永续英雄远，
风流万古驻苍穹。

二〇一七年七月二十八日
于甘肃天水

烟雨漓江

月桂飘香春意重，
空蒙细雨润无声。
船行江上山如画，
身处诗中意似龙。
开卷怡情闻瑞鹊，
品茗养性揽和风。
奇峰夹岸观不尽，
翠柳青竹伴趣程。

二〇一八年二月十日
于广西桂林

保山行

……………

林环水绕秀哀牢[1]，

太保[2]拾阶步步高。

海[3]畔怡情观玉弈[4]，

东山望拜[5]“永半朝”[6]。

二〇一八年五月十八日
于云南保山

1. 哀牢：保山的古称。战国中期，保山为古哀牢国的统治中心。
2. 太保：指位于保山城区主干道保岫路西尽头的太保山森林公园。
3. 海：指青华海。
4. 玉弈：指永昌（保山的古称）三宝（永子、料丝灯和玛瑙）之一的永子，即永昌所产的围棋棋子，又名“永棋”，是以保山南红玛瑙、黄龙玉、翡翠和琥珀等天然原料，采用保密配方和绝技熔炼、传统手工制作，棋子质地细糯如玉又异常坚硬，犹如天然玉石磨制而成，外形古朴、内敛凝重，入手圆润、冬暖夏凉，是古往今来举世公认的棋中圣品。
5. 望拜：遥望拜祭。
6. “永半朝”：指云南永昌（今云南保山）人王弘祚（1610 年—1674 年），字懋自，号思斋，谥端简。他身居大清王朝显位，历任户部、刑部、兵部三部尚书，独掌大清王朝半壁江山数十年，被誉为“永半朝”。

06

第六卷 — 初心不忘向苍穹

Chapter 06

观　弈

……………

苍穹浩瀚黑白星，
帷幄帐中布甲兵。
进退有节危地泰，
生杀无道戍楼[1]倾。
一“气”[2]猛士徒奔命，
两“眼”[3]游卒任纵横。
落子成局终不悔，
“征”“关”“刺”“虎”[4]浪涛惊。

二〇〇四年五月二十七日
于云南大理

1. 戍楼：古代边防驻军的瞭望楼。
2. “气”：围棋术语，指棋盘上与棋子紧紧相邻的空交叉点，是棋子在棋盘上赖以生存的条件，一个棋子只要有气，就可以暂时不被提去。
3. “眼”：围棋术语，指由多个棋子围住的一个或两个以上的空交叉点，一块棋如有两个“眼”就能够永远在棋盘上生存、发展，属于这块棋的所有棋子都将作为“活子”对待。
4. “征”“关”“刺”“虎”：均为围棋术语，是在棋盘上行棋的不同手法。

桂枝香

心声

……………

幼崇鲲凤[1]。

苦寒育丹心，

渊才以赠。

刺股“六经”[2]展诵，

慕思贤圣。

寒窗数载程门雪，

历风经雨终圆梦。

铸魂军旅，

修文尚武，

守中持正。

忆往昔、芳华铄颖[3]。

1. 鲲凤：比喻超越世俗的卓然之士。
2. “六经”：中国儒家学派创始人孔子晚年整理的《诗》《书》《礼》《易》《乐》《春秋》六部先秦古籍。
3. 铄颖：光辉美盛，颖秀突出。

利刃解千缕，

不负淑景[1]。

五岳赏览丘壑，

百川击磬。

拓行致远平生事，

立德文章当铭鼎。

悠悠长路，

拳拳吾心，

纵笔相禀。

二〇〇五年五月二十五日
于柬埔寨首都金边

1. 淑景：美好的时光。

玉龙赋

……………

临“欧鲁”[1]圣境兮，思飞无疆。

迎北风萧萧兮，豪情徜徉。

自总角[2]之年兮，即涉农桑。

知人生疾苦兮，冷暖悉尝。

羡鸿鹄翱翔兮，苦读寒窗。

十载磨一剑兮，云起龙骧。

携笔以从军兮，铸魂洛阳。

冀枕戈戍边兮，建功沙场。

然因缘际会兮，泪别戎装。

五洲皆可往兮，志在四方。

谋折冲千里兮，为国柱梁。

梦他日持节兮，协和万邦。

离家逾三载兮，最忆高堂。

---

1. “欧鲁”：玉龙雪山在纳西语中被称为“欧鲁”，意为银色的山岩。
2. 总角：古时少儿男未冠、女未笄时的发型，头发梳成两个发髻，代指儿童时代。

亲恩何以报兮，遥祝安康。

此生永不渝兮，同尘和光[1]。

凌雪山之巅兮，梅开心上。

二〇〇五年十一月二十五日
于云南丽江

1. 同尘和光：出自《道德经》，原文为“和其光，同其尘”，是一种处世态度，指对别人要有宽恕之量，对谤语要有忍辱之量，对事物要有容纳之量。

云中鹤

……………

才过万顷海，

又越千重山。

逍遥云中鹤，

奋翼天地宽。

二〇〇七年一月十六日

于广州飞金边班机上

初　心

……………

浮华洗尽显峥嵘，
倦鸟依巢万籁空。
俊木参天根愈下，
初心不忘向苍穹。

二〇〇七年八月十五日

青 春

与来京出差的旧日同窗相见，谈及往事及其他同窗近况，感叹光阴荏苒、物是人非，遂成此诗。

十年弹指沧桑变，
殊路云泥共慨然。
有志伯安[1]乘势起，
无求江郎[2]落尘凡。
亲躬累步积千里，
幻想鸿业化霭烟。
盛世心花当怒放，
青春莫负艳阳天。

二〇〇八年六月十八日

1. 伯安：明代人王守仁（1472 年—1529 年）的字，相传其 5 岁仍不会说话，但志存高远，心思不同常人，潜心钻研，后成为明代著名思想家、文学家、哲学家、军事家以及陆王心学的集大成者。
2. 江郎：指南朝文学家江淹，年轻时很有才气，诗文获得极高评价，但到了晚年文思枯竭，写出来的诗平淡无奇，即后人所说的“江郎才尽”。

诚　己

……………

谦恭慎守沐清风，
泰定鹄观岱岳崩。
日月如梭人易老，
勤学正己益终生。

二〇〇八年十月七日

静　思

宴坐[1]幽谷谧无边，
潺潺雪涧[2]动心弦。
一山一水一世界，
一悟一思一万年。

二〇一一年十月七日

1. 宴坐：静坐、安坐。
2. 雪涧：白色的涧水。

点绛唇

望日

……………

漫步春天，
寻幽曲径楼台现。
又闻归燕，
芳草微澜泛。

苍狗浮云，
风起顷消散。
唯金虎[1]，
光辉寰宇，
观海枯石烂。

二〇一二年三月三十一日

1. 金虎：太阳的别称。

清平乐

重霄

……………

再临重霄，

云阻雾纷扰。

激荡不改飞升路，

逆流直上扶摇。

壮哉山野林溪，

万象今收眼底。

高处风光旖旎，

畅书胸中天地。

二〇一二年五月九日

于北京飞昆明班机上

沁园春

追梦

……………

常忆年少，

金樽进酒，

灵岳览胜。

秉才情漫江，

豪气贯虹，

倚马可待，

笔力扛鼎。

跨鹤凌云，

驭鹄行空，

挥洒天地吾为峰。

鬓微秋，

竟蹉跎岁月，

未建丝功。

丈夫立世何凭？

惟清气昭德任我行。

幸乌飞兔走[1]，

仍留宿志，

衾温枕稳，

不移衷情。

把酒询星，

乘风邀月，

行苦志坚梦可成。

春犹在，

叹韶华易逝，

休负平生。

二〇一三年十二月十八日

于東埔寨首都金边

1. 乌飞兔走：古代传说日中有三足乌，故称太阳为金乌；月中有玉兔，故称月亮为玉兔。乌飞兔走，形容光阴迅速流逝。

沧海一粟

——观刘海粟[1]艺术展

……………

标新立异为人先，
境田心造法自然。
“年方八二”[2]豪气在，
沧海一粟永流传。

二〇一七年十一月二十六日
于中国美术馆

1. 刘海粟：名磐，字季芳，号海翁。汉族，1896 年生于江苏常州，1994 年去世，现代杰出画家、美术教育家。1912 年与乌始光、张聿光等人创办上海图画美术院，后改为上海美术专科学校，任校长。1949 年后任南京艺术学院院长。早年习油画，兼作国画，晚年运用泼彩法，作品色彩绚丽、气格雄浑。晚年历任南京艺术学院名誉院长、教授，上海美术家协会名誉主席，中国美术家协会顾问。
2. “年方八二”：刘海粟先生大气洒脱、充满激情，从 82 岁起以“方”字纪年，标志着其“新我”与“新艺”的开始，其国画作品多用“年方八二”“年方八三”“年方八七”“年方八八”等落款，以表现其“童心在，艺术生命永恒”的自信与豪情。

惜　春

斗艳桃李竞美杨，
飞樱散落满天霜。
如花世上无常事，
敢不惜时吝春光?

二〇一八年四月一日

寻　鹭

……………

四顾茫茫绿眼前，

抬头湛湛晃朗[1]天。

凭舟盼鹭箫声起，

橹动鸢飞荡碧涟。

二〇一八年五月二十日

于云南腾冲国家级湿地保护区

1. 晃朗：明亮貌。

07

第七卷

家国天下赋深情

Chapter 07

南乡子

赠郑将军

……………

何处不相逢?
流水高山和[1]雅声。
胸胆阔达优将略[2],
铮铮。
谈笑筹谋百万兵。

翕散太匆匆,
海角天涯各西东。
谊交忘年家国重,
融融。
北战南征纵横行。

二〇〇六年十月十五日
于柬埔寨首都金边

1. 和(hè):和谐地跟着唱。
2. 将略:用兵的谋略。

忆旧游

……………

遇茫茫人海，

高义如君，

心纯志诚。

夜雨寄离愁，

虽草木无情，

垂泪天明。

寂寥邀酌琼阙，

月影作君影。

惟子期[1]难觅，

醉后言语，

谁人复听？

聚散寻常事，

1. 子期：春秋战国时期楚国汉阳人钟徽的字，相传其为一名樵夫。历史上记载春秋战国时期晋国上大夫俞伯牙（楚国郢都人，精通琴艺）探亲回国途中在汉江边鼓琴，钟子期正好遇见，感叹说："巍巍乎若高山，洋洋乎若江河。"因兴趣相投，两人成为至交。钟子期死后，俞伯牙认为世上再无知音，终生不再鼓琴。

曾相逢萍水，
足慰平生。
知君似鲲鹏，
向天高海阔，
长空横行。
蛟龙更得云雨，
大风助苍鹰。
纵再不相见，
家国天下赋深情。

二〇一四年四月二十五日
于柬埔寨首都金边

西江月

别情

……………

初见举杯独醉，

知交挥毫共赏。

缓急相济[1]襟坦荡，

别时无限思量。

唯愿肝胆永照，

当惜华不再扬。

月恒日升[2]鹏路广，

笑对江湖相忘。

二〇一五年三月十八日
于柬埔寨首都金边

1. 缓急相济：凡遇到困难，不管缓急，都进行帮助。
2. 月恒日升：出自《诗经·小雅·天保》，原文为“如月之恒，如日之升”，指旭日冉冉上升，月亮渐渐盈满，比喻事物兴盛发达。

赠兄应森[1]

……………

杨花[2]满路送春还，
兄弟同窗谊忘年。
应是祥风催好雨，
森霄万木竞开颜。

二〇一六年八月一日

1. 应森：杨应森，时任中国日报驻深圳记者站站长，2016 年 3 月至 6 月与我同在中央党校中直机关分校进修。
2. 杨花：指柳絮。

访蒙抒怀

……………

其一

苏和奏响马头琴，

射雁张弓雪纷纷。

猎隼[1]敖包频入梦，

醒来已是客乡人。

其二

奶酒哈达敬上宾[2]，

碧空呈翠野无垠。

乌珠[3]奋蹄歌声远，

踏碎黄毯万点金。

---

1. 猎隼：大型猛禽，以鸟类和小型动物为食，还可攻击金雕等大型凶猛禽类，分布于中国北方、中欧、北非、印度北部、中亚及蒙古国。2012 年，蒙古国政府将猎隼确定为“国鸟”。
2. 上宾：尊贵的客人。
3. 乌珠：指产于内蒙古乌珠穆沁草原的乌珠穆沁马，是蒙古马的典型代表，其突出特点是能跑善战，耐力极强，体质结实，身躯粗壮。无论作为历史上横跨欧亚大陆的战马，还是作为后来傲视赛场的耐力赛竞技马，都创造了令世人惊叹的辉煌。

其三

益友良师教诲深，

迁兰变鲍[1]赛甘霖。

金风荡尽英雄恨，

不负草原一片心。

二〇一六年十月二日
于蒙古国首都乌兰巴托

1. 迁兰变鲍：比喻在无形中渐渐受影响而同化。出自《孔子·家语·六本》：“与善人居，如入芝兰之室，久而不闻其香，即与之化矣；与不善人居，如入鲍鱼之肆，久而不闻其臭，亦与之化矣。”

渔家傲

贺志刚[1]拜师

……………

宿雨栖风月连星，
初心从未逐浮萍。
追梦路上风雷动。
行不停，
望穿柳暗见花明。

求道寻师拜丹青[2]，
群贤相贺飨鹄鼎[3]。
谷旦[4]敬帖才艺秉。

---

1. 志刚：戴志刚，高棉集团高棉日报社副社长、驻京分社社长。
2. 丹青：中国文物学会世界遗产研究委员会副秘书长、中国传统建筑园林委员会副主任，学者，散文家。
3. 鹄鼎：佳肴。
4. 谷旦：良辰，晴朗美好的日子，吉日的代称。

环林景，

万芳争艳韶晖[1]映。

二〇一七年六月十八日

---

1. 韶晖：明丽的光景。

水调歌头

天涯

……………

常慕鹿城[1]美，
称愿睹真颜。
南眺烟波浩渺，
无际水云连。
故友天涯相遇，
鬓发秋霜半染，
惜岁月阑珊。
教诲再萦耳，
清影[2]共高酣[3]。

1. 鹿城：三亚的别称。传说古代有一位英俊的黎族青年猎手，头束红巾，手持弓箭，从五指山翻越九十九座山，涉过九十九条河，紧紧追赶一只坡鹿来到南海之滨。前面山崖之下便是无路可走的茫茫大海，那只坡鹿突然停步，站在山崖处回过头来，目光清澈而美丽、凄艳而动情，青年猎手正准备张弓搭箭的手木然放下。忽见火光一闪，烟雾腾空，坡鹿变成一位美丽的黎族少女，两人遂相爱结为夫妻并定居下来，此山因此被称为“鹿回头”。根据这个美丽爱情传说而建造的海南全岛最高雕塑“鹿回头”成为三亚的城雕，三亚市也因此得名“鹿城”。
2. 清影：清朗的光影，代指月光。
3. 高酣：高会酣饮。见陶渊明《读〈山海经〉》诗之二：“高酣发新谣，宁效俗中言。”

踏银浪，
观晚霭，
步悠然。
振风[1]猎猎，
吹乱平碧起横澜[2]。
年少当执牛耳，
抱朴栖诚[3]南山[4]，
净柳荡庸凡。
奋翼翱天宇，
四海奏丹弦[5]。

二〇一七年六月二十三日
于海南三亚

1. 振风：疾风。
2. 横澜：大波，巨澜。
3. 栖诚：寄托心志。
4. 南山：佛教名山胜地，位于海南省三亚市西南 40 公里处，是中国最南端的山，历来被称为吉祥福泽之地。中国传扬千古的名句“福如东海，寿比南山”，道出了南山与福寿文化的悠久渊源。坐落于此的海上观音高 108 米，是目前世界首尊金玉观世音菩萨塑像，更是闻名全南海的镇海之宝。
5. 丹弦：泛指丝乐。

无 题

……………

际会风云众友暇，
“巴山夜雨”[1]话桑麻。
寒梅映雪香无界，
皓月晖空皎有涯。
才为经邦襄盛世，
德须配位报国家。
韶光不待奔流去，
笔墨初心共岁华。

二〇一七年十二月十九日

1. “巴山夜雨”：餐厅名。

永遇乐

贺师友

……………

鸿骞凤立，
笔走龙蛇逸雅从容。
纵横捭阖，
胸罗锦绣谈笑惊涛静。
经霜历雪，
厚积薄发，
回首成荫柳盛。
心依旧，
繁华斩尽，
一任岁月奔涌。

重峦踏雾，
日月辉映，
天地烟霞空蒙。
开卷品茗，

香掠窗影，

宴坐茶语[1]庆。

东风徐来，

气爽神定，

环顾万峰朝拱。

云腾处，

江山如画，

为谁雨晴？

二〇一八年三月二十二日
于广西桂林

1. 茶语：介绍及说明茶的语言文化，不同的茶有着不同的茶语。

满庭芳

聚贤[1]

……………

金虎初升，

清流几许，

聚通万里江河。

梧桐丰茂，

丹凤自夭娜[2]。

连璐[3]焉惜散尽，

赤霄[4]展，

动响瑶珂[5]。

传节义[6]，

奋扬名绩，

---

1. 谨以此词献给我的同事们，融其名于内，先后为于丹娜、王璐瑶、敖梓盛、林娜、靳浩玥、朱丽雪、张泽。
2. 夭娜：犹婀娜，轻盈艳丽貌。
3. 连璐：成串的玉。
4. 赤霄：中国古代十大名剑之一，为帝道之剑，其主人为汉高祖刘邦，长三尺，剑身镌刻两个篆字——“赤霄”，“斩白蛇、提三尺剑立不世之功”即指该剑。
5. 瑶珂：马笼头上的装饰物。
6. 节义：节操与义行。

谈笑止兵戈。

望空思梓里，
盛春[1]林茂，
翠柳婀娜。
气浩然，
干云如玥[2]难遮。
丽日惠风拂面，
花吹雪，
竹影婆娑。
张帆去，
众人棹桨，
友悌[3]共袍泽。

二〇一八年七月十七日

1. 盛春：春季中最为当季的时候。
2. 玥：古代传说中上天赐予有德圣皇的一颗神珠。相传少昊出生时，有五色凤凰领百鸟集于庭前，衔果核掷于少昊手中。忽然大地震动，穷桑倒地，果核裂开，一颗流光溢彩的神珠出现。众人大喜，寓为吉祥之兆。太白金星见该神珠皎如明月，亦是天赐君王之物，遂将神珠定名为“玥”，称少昊为“凤鸟氏”。
3. 友悌：能与兄弟相友爱。

08 附录——诗友贺赠

Chapter 08

沁园春

与同窗共勉

◎刘伟栋[1]

……………

骊歌早阑，
灵犀唯牵，
芳樽酒浅。
思别后经年，
江河流注，
手足不聚，
风霜刻颜。
心香一瓣，
难寄鱼雁，
鲈莼宴备啼杜鹃。
怨关山，
任清笛吹残，
蒹葭连天。

1. 刘伟栋：武传兵的高中同窗好友，现在河南省巩义市人民防空办公室工作。

红尘鼎沸多艰，

应笑傲风云肯登攀。

怜汉武洪祖，

起身草莽，

同学少年，

比肩稼轩[1]。

五彩石成，

屠龙有技，

静待我辈补裂天。

弹指间，

尽虎踞龙盘，

为天下先。

二〇〇三年十二月八日

于河南巩义

1. 稼轩：中国南宋词人辛弃疾，字幼安，号稼轩，历城人，豪放派词人、将领，有“词中之龙”之称，与苏轼合称“苏辛”，与李清照并称“济南二安”。

大道诗心

◎杨国超[1]

……………

欣闻传兵老友诗集《兵心驭鹄》即将付梓，特以诗贺之。

鲲游四海兮觅臻言，
鹏程九天兮达佳境。
今友传兵兮思无邪，
集聚心力兮诗言志。
穷尽文辞兮美诗集，
才追李杜兮慕前贤。
璞玉怀光兮出宝璧，
顾吾人生兮多珍贵。

二〇一八年八月七日
于北京

1. 杨国超：中国行政管理学会会员、电视制片人、纪录片导演。

海天阔处

酒城[1]遥赠窗友

◎程少华[2]

……………

居庸叠翠[3]初识君，

温文飒爽英气。

异层[4]独寝，

黄灯悦读，

黎明悄至。

朝夕随形，

四平高歌，

---

1. 酒城：指四川省泸州市，拥有驰誉中外的浓香鼻祖泸州老窖和酱香典范郎酒两大白酒品牌。1916 年除夕，朱德赋诗一首：“护国军兴事变迁，烽烟交警振阗阗。酒城幸保身无恙，检点机韬又一年。”从此，泸州享有“酒城”美名。
2. 程少华：中宣部全国宣传干部学院科研部主任，赠词时在四川省泸州市纳溪区挂职锻炼，任区委常委、副区长，兼任泸州市委宣传部副部长。
3. 居庸叠翠：程少华与武传兵为中央党校中直机关分校同学，该校位于北京市昌平区，离居庸关不远，居庸叠翠为燕京八景之一。
4. 异层：在中央党校中直机关分校时，支部其他同学都住在同一层楼，只有武传兵的宿舍在下一层楼。

沂蒙洗礼[1]。
三月[2]倏忽，
不舍折柳，
别滋味、夜凄忾。

两载[3]少聚多离，
闻武郎、青云万里。
孝义之都[4]，
澜沧高棉，
赤子心扉。
感此诗集，
字句行间，
家国情贵。
可计日而待，

1. 四平高歌，沂蒙洗礼：程少华、武传兵所在的第六支部在培训期间曾到吉林四平、山东临沂进行现场教学。
2. 三月：程少华、武传兵培训时间为三个月。
3. 两载：指赠词时距培训结业时间为两年。
4. 孝义之都：武传兵出生于河南省巩义市，当地流传“三田哭活紫荆树”的故事，诠释了中国传统的儒学文化中的“孝悌”和“仁义”。

展翅高翔，

飞英雄泪。

二〇一八年八月十二日凌晨
于四川泸州纳溪区茶竹轩

望海潮

为《兵心驭鹄》敬词

◎朱　磊[1]

……………

庚申当月，
连阴蔽日，
京城匹比江南。
云雾掎遮，
牵愁[2]畏路[3]，
参求丽日情天。
喜获妙诗篇。
驭鹄志高远，
面赛潘安。
好个传兵，
羡其才小胜稼轩。

1. 朱磊：中央和国家机关党校培训部副主任。
2. 牵愁：牵动愁绪。
3. 畏路：犹畏途。因为天气的原因，让人多愁善感，比喻生活的不易。

兵心誓愿忠坚。
有金戈在手，
道义披肩。
习武弄文，
襟神坦荡，
功名利禄不贪。
天道路通宽。
同赴峥嵘志，
功行希贤[1]。
会日图将好酒，
期共赏晴岚[2]。

二〇一八年八月十五日
于北京

1. 希贤：指效法贤人。
2. 晴岚：晴日山中的雾气。比喻幸福生活。

和《赠兄应森》

◎杨应森[1]

……………

武气[2]神定乾坤间，

传誉华夏几千年。

兵心驭鹄凌云志，

诗情词意赋开颜。

二〇一八年八月十八日

于黑龙江哈尔滨

1. 杨应森：中国日报原驻广东、深圳记者站站长。
2. 武气：指士气，即军队战斗的精神和意志。

剑气诗香

——赠友传兵

◎笑 葳

……………

少好诗书誓从戎，
儒雅英姿自不同。
尚武但遂卫国志，
崇文当酬东方龙。
笔走龙蛇天下事，
辞发胸臆男儿风。
北疆南国数万里，
兵心驭鹄九千重！

二〇一八年八月三十日
于云南昆明

家国兵心

◎刘景山[1]

……………

武备应为止干戈，
传承血脉英雄多。
兵魂永存豪气在，
心身忘我壮山河。

二〇一八年九月六日
于北京

1. 刘景山：人民日报出版社原社长。

后 记

人生可以平凡，但精神不能平庸。工作学习之余，我喜欢读书、行路和写作。因为读书可以净化心灵，能使人从事务性工作中摆脱出来，静气养心、增益智慧，从而更理性地看待世界、选择生活。行路是读书的延伸，可以开阔视野、增长见识，观察大千世界的丰富多彩，体会百态人生的五味杂陈。写作则是读书和行路的留声机，可以将如烟的往事保存下来，并随着时光的流逝如美酒般不断发酵，年份越久，品之越香。

因为自幼喜欢古文，读过一些书、走过一些路后，就不自觉地想要用古体诗词的形式将自己的感悟记录下来。虽是无心插柳之举，蓦然回首却惊喜地发现柳已成荫，二十年来不知不觉间已经写下了百余首古体诗词，深深感受到“九层之台，起于累土”“驽马十驾，功在不舍”的道理。

家是港湾，友是财富，金戈励志，山河怡情。收入此集的八十一首诗词里藏着光阴的故事，记录了我大学以来跋涉的脚步和心路历程。二十年来的青春年少和诗情激扬，有欢笑与泪水，有感动与快乐，更有使命与坚守，有热血与荣光，由此形成的简短甚至不乏青涩的文字时刻提醒着我不忘初心、牢记理想。未来的路依然漫长，对自己的承诺、对情怀的坚守和对美好的向往，将砥砺着我在前行道路上始终意气高昂，一步一个脚印走向远方。集子中部分诗词写于大学期间，多数成于毕业之后，未注明地点的均写于北京。

谨以此集献给我的父母，是父母抚养我长大，培育了我坚韧顽强、乐观向上的品质，三十九年来我走过的每一个脚印都饱含着父母的关爱和期望。他们的教育和培养是集子中作品产生的土壤，是我在人生道路上开拓进取、一往无前的强大动力。谨以此集献给我的岳父岳母和我的妻子马潇潇。因为他们的全力支持和默默付出，我才得以心无旁骛地投入工作和学习，才有可能利用业余时间进行创作，最终促成了这本集子的诞生。谨以此集献给我的女儿武逸群。她的聪慧纯良、开朗乐观带给了我朴素的幸福、无尽的欢乐和创作的灵感，希望这本集子能让她近距离体会到“世上无难事，只怕有心人”的道理，愿她也能够继承和发扬“感恩”“正心”“谨慎”“敬畏”的家训，走好人生每一步，幸福快乐每一天。我还要以此集献给我将于2019年上半年出生的二宝，预祝二宝健康活泼、茁壮成长，在未来生活中继承诗礼传家之风，书写好厚德载物、大道直行的人生篇章。

集子出版过程中得到了许多良师益友的热情帮助，他们有的挥毫泼墨为我题字或作画，有的专门创作诗词表示祝贺。他们古道热肠、才情满怀，书法大气潇洒，文字意境悠远，画作传神灵动，笔之所至如行云流水，令人如饮甘茗、如沐春风，为本集添上了浓墨重彩的一笔。集子中相应位置已经列名，这里再次向他们致以最诚挚的谢意。

张文麟老师和杨国超先生从古体诗词平仄格律的角度对集子提出了中肯的修改建议，新华出版社的江文军先生为集子的策划、编辑和出版付出了大量辛勤劳动，在此一并表示感谢。

由于本人水平有限，疏漏不当之处在

所难免，敬请各位方家和广大诗友不吝赐教、批评指正。

武传兵
二〇一八年十月七日于北京